Raymond Plante

Marilou Polaire et l'iguane des neiges

Illustrations
de Marie-Claude Favreau

la courte échelle
Les éditions de la courte échelle inc.

Les éditions de la courte échelle inc.
5243, boul. Saint-Laurent
Montréal (Québec) H2T 1S4

Conception graphique:
Derome design inc.

Révision des textes:
Andrée Laprise

Dépôt légal, 3e trimestre 1998
Bibliothèque nationale du Québec

La courte échelle est inscrite au programme de subvention globale du Conseil des Arts du Canada et bénéficie de l'appui de la SODEC.

Données de catalogage avant publication (Canada)

Plante, Raymond

  Marilou Polaire et l'iguane des neiges

  (Premier Roman; PR71)

  ISBN: 2-89021-336-6

  I. Favreau, Marie-Claude. II. Titre. III. Collection.

PS8581.L33M37 1998   jC843'.54   C98-940594-X
PS9581.L33M37 1998
PZ23.P52Ma 1998

Raymond Plante

Écrivain et scénariste, Raymond Plante écrit énormément, et surtout pour les jeunes. Auteur de plus d'une vingtaine de livres jeunesse, il a aussi participé à l'écriture de nombreuses émissions de télévision. Il a d'ailleurs été récompensé à plusieurs reprises pour ses oeuvres littéraires. Il a reçu, entre autres, le prix de l'ACELF 1988 pour *Le roi de rien*, publié dans la collection Roman Jeunesse. En 1986, on lui a remis le prix du Conseil des arts et, en 1988, le prix des Livromaniaques pour *Le dernier des raisins*. Quant à son roman *L'étoile a pleuré rouge*, il lui a permis de remporter le Prix 12/17 Brive/Montréal du livre pour adolescents 1994 et le prix du livre M. Christie en 1995.

Auteur prolifique et amoureux des mots, Raymond Plante enseigne la littérature et donne fréquemment des conférences et des ateliers d'écriture. *Marilou Polaire et l'iguane des neiges* est le neuvième roman pour les jeunes qu'il publie à la courte échelle.

Marie-Claude Favreau

Marie-Claude Favreau est née à Montréal. Elle a étudié en arts plastiques, puis en traduction. Pendant quelques années, elle a été rédactrice adjointe des magazines *Hibou* et *Coulicou*, avant de revenir à ses premières amours, l'illustration. Depuis, elle collabore régulièrement au magazine *Coulicou*. Mais, même quand elle travaille beaucoup, Marie-Claude trouve toujours le temps de dessiner, pour ses deux enfants, des vaches et d'indestructibles vaisseaux intergalactiques qui vont mille fois plus vite que la lumière.

Marilou Polaire et l'iguane des neiges est le cinquième roman qu'elle illustre à la courte échelle.

Du même auteur, à la courte échelle

Collection Albums

Série Il était une fois...
Un monsieur nommé Piquet qui adorait les animaux

Collection Premier Roman

Véloville

Série Marilou Polaire
Les manigances de Marilou Polaire
Le grand rôle de Marilou Polaire
Le long nez de Marilou Polaire

Collection Roman Jeunesse

Le roi de rien
Caméra, cinéma, tralala
Attention, les murs ont des oreilles

Collection Roman+

Élisa de noir et de feu

Raymond Plante

Marilou Polaire et l'iguane des neiges

Illustrations
de Marie-Claude Favreau

la courte échelle

À Hélène Guy,
pour qui les livres sont des fêtes...
en saluant aussi Charles Dickens,
*l'auteur d'*Un chant de Noël.

1
Une peine glacée

Chez le marchand d'arbres de Noël, Marilou Polaire a choisi le plus gros sapin de sa vie. Il était couvert de neige. Dans la boîte du camion de Marlot, il prenait toute la place.

— Il est costaud, a rigolé le père de la petite fille. Il ressemble à un ours polaire.

Il a fallu déplacer les meubles du salon. Marlot a dressé le géant dans un coin, près de la fenêtre. Pas facile. Les aiguilles de l'arbre l'ont piqué partout.

— Ce sont mes petites piqûres de Noël.

Vraiment, Marlot était aussi excité que sa fille.

— Les lumières, c'est mon affaire, a-t-il continué.

Et il a installé les jeux d'ampoules. Il s'est attardé à l'ensemble qui clignote au rythme des airs de Noël.

— Tu entends toutes ces clochettes, mon Pou?

— Oui, mon Papou. On dirait des frissons glacés qui s'entrechoquent.

Après *Le Petit Renne au nez rouge*, *Vive le vent!* carillonne à son tour. Pour Marilou, c'est dans son ventre que les clochettes tintinnabulent. Parce que décorer le sapin de Noël reste le moment le plus magique de l'année.

Tous ses amis sont venus.

Juché sur l'escabeau, Marlot a posé l'étoile au sommet. Elle gratte un peu le plafond.

— À votre tour, les lutins. Moi, je vais vous préparer mes fameux biscuits des fêtes.

Jojo Carboni accroche des boules aux branches. Sa soeur Zaza, des oiseaux multicolores. Marilou s'occupe des grelots. Ti-Tom Bérubé s'emmêle dans une guirlande. Et...

Et il y a aussi Boris Pataud, bien sûr.

Le pauvre Boris a la figure longue. Et pâle. Presque transparente. On croirait un fantôme. Ou un long glaçon qui ne demande qu'à fondre.

— J'ai le coeur comme une boule en petits morceaux, gémit-il. Le plus grand malheur de ma

vie vient de m'arriver. J'ai perdu mes mitaines.

— Tu vas pleurnicher pour si peu? s'étonne Marilou.

— Ce n'étaient pas des mitaines ordinaires.

Les soeurs Carboni échangent un clin d'oeil.

— Qu'est-ce qu'elles avaient d'extraordinaire? questionne Zaza.

— Elles avaient trois pouces? rigole Jojo.

— Ou elles étaient chauffantes? enchaîne Ti-Tom Bérubé.

— Noooonnn! miaule Boris. Ce matin, je suis allé acheter des cadeaux pour...

Il hésite.

— ... pour mes amis.

— Aaaaah! lance en choeur la petite bande soudain intéressée.

— J'avais emmitouflé Charlotte dans mes mitaines. J'avais peur qu'elle s'ennuie toute seule. Je l'avais emmenée avec moi.

— Ton iguane! reprennent les autres.

— Oui, j'ai perdu ma Charlotte. Je ne sais pas où. J'ai refait tout le chemin que j'avais parcouru. Pas de Charlotte. Je... je m'ennuie!

Boris éclate en sanglots.

Marilou est bouleversée. Elle aime bien Charlotte, elle aussi. Et elle sait qu'un iguane, dans la neige, ça ne vit pas longtemps.

— Tout ça à cause de mon rêve, poursuit le garçon.

En hoquetant, Boris raconte son rêve étrange.

La nuit dernière, dans son sommeil, une boule de verre est

apparue. De celles qui sont pleines d'eau et qui contiennent un village ou un père Noël. Il suffit de les secouer pour que la neige tourbillonne.

Dans son rêve, à la place du village ou du père Noël, il y avait Charlotte. Elle était prisonnière de la boule de verre. Tous les passants, petits, moyens ou grands, secouaient l'objet, sans se préoccuper de l'iguane.

Alors il neigeait sur Charlotte. Elle était ensevelie sous la neige.

— Et ensuite? chuchote Zaza.

— J'espère que la souffleuse n'est pas passée, pouffe Ti-Tom.

— Non! hurle Boris. La boule s'est mise à rouler et rouler. Elle est devenue immense. Aussi grosse que les boules à bonhomme.

— Et après? demande Jojo.

— Après? s'énerve Boris. Il n'y avait plus moyen de la trouver. Je la cherchais et j'étais en train de devenir fou.

Que va faire la pauvre Charlotte?

Sans elle, que va devenir le triste Boris?

Voilà les deux graves questions que se posent ses amis. Ce qui ne les empêche pas de terminer la décoration de l'arbre de Noël.

Marilou pense aussi qu'une mitaine avec Charlotte à l'intérieur n'est plus immobile. C'est une mitaine qui se déplace. Elle peut donc être n'importe où.

2
Une petite bête dans la barbe du père Noël

La télévision rediffuse un film que Marilou a vu une bonne dizaine de fois. Un faux père Noël ingurgite tellement d'alcool qu'il ne sait même plus rire. Pire encore: il déteste les enfants.

La petite fille ne suit pas l'histoire. À cause de Boris. Son ami apparaît constamment sur l'écran.

Dans le rêve de Boris, Charlotte était ensevelie sous une bordée de neige.

Dans l'esprit de Marilou, c'est Boris qui se débat. Il ressemble à un bonhomme de neige, frissonnant, malheureux.

Et il pleure. Ses larmes deviennent glaçons. Il se lamente:

— Où es-tu, ma Charlotte?

— Tu es dans la lune, mon Pou!

Dans la porte du salon, Marlot affiche un large sourire. Une extraordinaire banane de Noël.

— À quoi pensais-tu?

— À rien, répond Marilou. Je regardais le film.

— Impossible. Il est fini depuis belle lurette.

— Tu as raison, Papou. Je réfléch...

La réplique de la petite fille s'arrête là. Sa bouche reste grande ouverte.

En plein écran de télévision, un phénomène bizarre!

Un père Noël, entre trois «Ho!

Ho! Ho!» et deux «Ha! Ha! Ha!», fait une publicité.

— Venez acheter les cadeaux de vos enfants au grand magasin de la rue Principale.

Le joyeux bonhomme montre des poupées au rabais, des fusées en solde, des jeux électroniques révolutionnaires et des bonbons à deux sous. Pourtant, Marilou ne voit rien.

Qu'est-ce qui la fascine tant?

L'étrange créature qui apparaît sur l'épaule du rougeaud.

Et cette petite bête s'agrippe à la fausse barbe du vieillard déguisé.

L'iguane qu'elle connaît bien se faufile même dans les cheveux du bonhomme.

Après trois «Ho! Ho! Ho!», le père Noël tend la main vers sa

tuque. Il croit sans doute qu'un
de ses malicieux lutins le cha-
touille.

C'est ainsi que sa grosse mitaine attrape Charlotte.

Dès qu'il ouvre la main sous
son nez, l'iguane bondit et dis-
paraît parmi les jouets.

— Là! crie Marilou.

— Qu'est-ce qu'il y a? demande son papou.

— Charlotte!

— Pas possible, mon Pou.

— Il faut aller dans ce grand magasin.

Marlot n'a pas beaucoup de temps. Mais il n'hésite pas longtemps.

— Rattrapons cette Charlotte! s'exclame-t-il. Et Boris sera bougrement heureux!

3
Du boucan
au Royaume des jouets

— Charlotte! Psitt! psitt!
Charlotte, es-tu là?

Marilou aimerait crier plus
fort. Elle a peur d'attirer l'attention de tout le monde. Parce
que, quelques jours avant Noël,
le grand magasin fourmille de
clients.

— Psitt! Charlotte?

Les bras chargés de paquets,
les gens se retournent, la regardent bizarrement. Que cherche
cette petite fille?

Une énorme vendeuse s'ac-
croupit devant elle.

— Tu as perdu quelqu'un,

ma mignonne?

— Non, non, ça va, répond évasivement Marilou.

Comment expliquer qu'elle connaît l'iguane qui a fait peur au père Noël?

— Mon père est au comptoir des objets trouvés. Nous cherchons une mitaine.

La vendeuse plisse le nez. Elle n'apprécie pas qu'une petite fille se promène toute seule au Royaume des jouets.

Marilou poursuit sa recherche. En silence, bien sûr, mais les yeux grands ouverts.

Où est-elle, cette Charlotte de malheur?

Pas dans les jeux de construction.

Sous cette pyramide d'animaux en peluche?

Malheur! Marilou déplace un lion et trois oursons dégringolent sur sa tête.

La vendeuse s'approche.

La petite fille s'éclipse du côté des poupées. Une vraie colonie de poupées, vraiment!

Cinq qui parlent, quatre qui ferment les yeux, trois qui mangent et deux qui font pipi.

Il y en a même une qui fait tout cela à la fois. Quand Marilou lui touche le nez, elle chante une chanson en anglais. Mais elle ne peut pas lui dire où se cache l'iguane.

Non, Charlotte n'a pas trouvé

refuge dans l'univers de Barbie. Ni sur l'étalage de jeux vidéo.

Pas une seule trace d'elle au volant des autos téléguidées.

Pas de Charlotte non plus parmi les extraterrestres.

Marilou a beau fouiller partout, l'animal n'est pas là.

Tout à coup, une idée lui traverse l'esprit.

S'il fallait que les employés du magasin aient attrapé l'iguane? S'ils avaient décidé de le jeter dehors? Hop! dans un sac-poubelle! Et hop encore! dans la ruelle glacée!

Charlotte est peut-être morte. Congelée. Avalée par un camion à ordures. Écrasée sous des tonnes de déchets.

Marilou a un noir pressentiment. Elle se faisait une fête de ramener Charlotte à Boris Pataud. Voilà qu'elle traîne ses bottes parmi les jouets qui ne signifient plus rien pour elle.

Sur une immense table, un train électrique chemine dans un décor miniature. Un paysage enneigé avec des tunnels et des montagnes. Des jouets aussi.

Tchou! Tchou! Marilou ose à peine jeter un coup d'oeil.

Un tout petit regard.

Mais cela lui suffit. Elle écarquille les yeux. Est-ce possible?

Montée sur un wagon rutilant, Charlotte se prélasse. On la croirait dans un manège.

Elle s'amuse. Et ne s'ennuie pas du tout de Boris.

— Espèce de sans-coeur! grogne Marilou. Attends que je t'attrape!

Elle n'a pas le temps de bouger. De l'autre côté de la grande table, un gamin renifle. La tuque enfoncée jusqu'aux yeux, il tient un gros camion jaune contre son ventre.

— Maman! C'est ça que je veux pour Noël. Achète-le-moi.

La mère prend le camion et le replace sur un présentoir.

— Je te l'ai expliqué, Pepito.

On ne peut pas acheter de cadeaux. Maman cherche un emploi. Même ici, il n'y en a pas.

Par un trou de sa mitaine, le doigt du garçon désigne alors Charlotte.

— Je veux ça!

— C'est trop cher!

— Je l'aime, insiste-t-il.

Marilou s'apprête à ajouter que l'iguane n'est pas à vendre. L'énorme vendeuse apparaît.

— Un instant, madame. Je vais vous dire combien coûte ce... cette...

En actionnant une manette, elle arrête le train électrique. Charlotte tombe de son wagon et culbute dans le village enneigé.

L'employée plonge la main vers l'animal.

Charlotte n'a pas l'intention

de se laisser faire aussi facilement. Elle grimpe le long du
bras de la vendeuse.

Étonnée, cette dernière se met
à crier.

Charlotte rebondit sur quelques chapeaux avant de s'élan-
cer vers le plancher.

Marilou tente de se frayer un
chemin parmi les clients. Elle
passe entre les jambes d'un gar-
dien de sécurité. Juste à temps
pour voir l'iguane. Paniquée, la
petite bête a rejoint le gamin.
Mine de rien, il la glisse dans la
poche de son manteau.

— Regarde, Pepito, regarde ce
que tu as déclenché, gronde sa
mère, qui ne s'est aperçue de
rien.

Agrippant le bras de son fils,
elle file vers la sortie. Marilou

leur emboîte le pas. Ils fran-
chissent la porte. Marilou veut
les suivre quand on lui tire la
manche.

— Où vas-tu, mon Pou?

— Ah! Papou! C'est... c'est Charlotte...

Marlot et sa fille sortent à leur tour. Les nombreux passants pressés se bousculent sur le trottoir. Même juchée sur les épaules de son père, Marilou ne repère pas le petit garçon.

Ils rentrent donc bredouilles à la maison. Mais la petite fille reste songeuse. Ce Pepito, elle l'a déjà vu quelque part. Elle en est certaine.

4
Le sourire du gamin

Marilou n'a pas à chercher longtemps.

Le lundi, en entrant dans la cour de l'école, elle s'arrête brusquement. Ti-Tom Bérubé, Jojo et Zaza Carboni, qui la suivaient, se cognent les uns sur les autres.

— C'est lui, dit Marilou en le montrant du nez.

Le gamin est facile à reconnaître. Il a la tuque enfoncée jusqu'aux yeux, les mitaines trouées et le manteau trop grand.

— Il garde une main dans sa poche, remarque Zaza.

— Il doit y cacher Charlotte,

complète Jojo.

— Moi, je le connais!

Les trois filles se tournent vers Ti-Tom.

— Il s'appelle Pepito. Ça ne fait pas très longtemps que sa famille est arrivée au pays. Ils habitent dans le grand immeuble au coin de chez moi. Celui qui a l'allure d'une boîte de conserve. Sa mère est venue demander un emploi à mon père.

Marilou se préparait à lancer ses amis à l'attaque pour récupérer Charlotte. Elle se sent déchirée.

— C'est pour ça que sa mère ne peut pas lui acheter de cadeaux, réfléchit-elle tout haut.

— Je pense qu'ils ne sont pas très riches, souligne Ti-Tom.

Que faire?

Bien sûr, le gamin est aussi frêle qu'une couche de verglas. Tous les quatre pourraient facilement l'entourer. Que pourrait-il faire s'ils lui réclamaient Charlotte? Rien.

Après tout, l'iguane appartient à leur ami Boris. Et Boris a une peine immense.

Mais s'ils agissent ainsi, ils créeront certainement du chagrin au petit garçon.

Justement, Pepito regarde sa poche du coin de l'oeil. Il renifle et sourit. Charlotte doit lui chatouiller le bout des doigts.

— Ouais... murmure Marilou. Qu'est-ce qui ferait plaisir à tout le monde?

— Noël, c'est fait pour ça, dit Jojo en posant sa mitaine sur son coeur.

— Je pourrais lui proposer un échange: l'iguane contre ma vieille paire de patins, propose Ti-Tom. Comme ça, il apprendrait à jouer au hockey.

— Et s'il n'aime pas le sport? réplique Zaza. S'il préfère le dessin, par exemple?

Vraiment pas facile de prendre une décision. Que faire?

— Attendons Boris, conclut Marilou. Nous allons lui soumettre le problème. Pourquoi il n'arrive pas?

La cloche sonne et leur copain n'est toujours pas là. En classe, il ne se montre pas non plus.

L'avant-midi passe, pas de Boris.

Le midi, Marilou décide d'arrêter chez lui.

Pauvre... pauvre Boris. Elle a du mal à le reconnaître. Il tousse. Il éternue. Il a mal aux oreilles. Il a le ventre en compote. Il souffre de partout.

Un thermomètre dans la bouche, il arrive difficilement à prononcer les mots.

— Tu es malade comme un

chien, constate la petite fille.

— Comme un chien, un chat,
un lapin, tout ce que tu voudras!

bafouille Boris. Et je m'ennuie de Charlotte.

Comment expliquer la situation à quelqu'un qui souffre autant?

Marilou est bouleversée.

— J'espère que tu iras mieux demain!

— Je ne guérirai jamais si Charlotte ne revient pas.

Vraiment, ce Boris, il exagère, pense Marilou.

5
Sauver le triste Boris

Dans le salon des Polaire, Marilou et ses amis n'entendent plus la musique de Noël.

Près de la fenêtre, l'arbre est illuminé. De leur côté, ils n'ont pas encore déniché une idée lumineuse.

Depuis dix minutes, Marilou tourne en rond. Les autres commencent à être étourdis.

— Au magasin, j'ai vu Pepito demander à sa mère un gros camion jaune, dit Marilou. Si nous lui offrons ce camion en échange de Charlotte, Pepito sera très heureux, non?

— Bonne idée! crie Ti-Tom en bondissant sur ses pieds. Allons l'acheter.

Jojo et Zaza Carboni le regardent de travers.

— Tu as de l'argent, toi?

— Non, répond le costaud. Mais quand je serai joueur de hockey, j'en aurai.

Finalement, ils s'avouent qu'en achetant leurs cadeaux, ils ont vidé leur tirelire. Comment pourraient-ils gagner des sous? Les dollars ne poussent pas dans les arbres... même pas dans les sapins de Noël.

— Nous pourrions faire du porte-à-porte dans le quartier, propose Zaza.

— Ça, c'est bon à l'Halloween, réplique Jojo. Nous devrions plutôt fabriquer des décorations de Noël et les vendre.

— Les gens ont déjà décoré leur maison, argumente Marilou.

Ti-Tom suggère d'organiser une course de traîneau.

À la grande surprise des soeurs Carboni, Marilou semble d'accord.

— Génial! Toi, Ti-Tom, tu tires le traîneau. Nous, on demande trois sous à tous ceux qui veulent faire un tour. Tu es fort comme un cheval, non?

Ti-Tom hésite. Être fort comme un cheval, c'est tentant. Mais être mené par le bout du nez comme un canasson? Non merci.

L'arbre de Noël a beau briller, carillonner *Il est né le divin enfant*, rien n'y fait. Ils ne trouvent pas la solution.

Marilou fixe intensément l'arbre de Noël. À la manière d'une somnambule, elle se dirige vers le sapin.

— Marilou! Où vas-tu, Marilou? demande Zaza.

— Tu vas renverser l'arbre si tu continues comme ça, enchaîne Jojo.

Marilou tend la main. Très doucement, elle décroche un petit personnage en costume d'autrefois.

Il s'agit d'un bonhomme, probablement un personnage du conte *Un chant de Noël*, de Charles Dickens. Il porte un chapeau et un manteau. Il tient un cahier de musique et sa bouche est toute ronde.

Marilou montre le personnage à ses amis.

Les yeux ronds, Ti-Tom, Jojo

et Zaza ne comprennent toujours pas.

— Qu'est-ce qu'il fait? demande la petite fille.

— Il chante.

— Voilà, conclut Marilou. Il
chante au coin d'une rue pour
recueillir de l'argent pour les
pauvres.

6
Le Choeur
de la mitaine perdue

Pendant les trois jours précédant Noël, Boris ne se montre pas le nez à l'école.

Cependant, devant le grand magasin de la rue Principale, les passants entendent le Choeur de la mitaine perdue.

Le Choeur de la mitaine perdue?

Oui.

On y reconnaît les voix de soprano de Zaza et Jojo Carboni. Ti-Tom secoue les grelots. Et Marilou Polaire passe le chapeau.

Elle chante, elle aussi. Mais, pauvre Marilou, elle a une vraie

voix de mitaine perdue.

Pour diriger l'ensemble, Carmina, la mère de Jojo et Zaza, joue sur son clavier. Marlot s'est joint au groupe. Il ne voulait pas rater l'occasion de gratter sa guitare.

Les gens ralentissent le pas.
Ils aiment les chansons connues:
de *Petit papa Noël* jusqu'à *D'où
viens-tu, bergère?* Parmi celles-
là, un air nouveau raconte ceci:

*Sans son amie Charlotte
Le grand Boris grelotte
Il rumine son ennui
Attrape des maladies*

Noël! Noël! Noël!

*Quand il a trop plein de peine
Son coeur n'a plus ses*
                    *mitaines
Et si dehors il fait froid
Son coeur peut geler des*
                    doigts

Noël! Noël! Noël!

Après trois soirées de chansons, le 24 décembre arrive.

En cette veille de Noël, imaginez la joie de Marilou et de ses amis. Ils ont ramassé assez de sous pour acheter le camion jaune de Pepito.

Mieux encore. Avec le surplus d'argent, ils ont eu une autre idée: préparer des paniers de Noël.

Quand le camion de Marlot s'arrête devant l'immeuble de Pepito, Marilou a le coeur qui bat très fort.

— Vous venez avec moi? demande-t-elle.

— Allez-y, les enfants, répond Marlot. Après tout, c'est votre cadeau.

Marilou prend la grosse boîte contenant le camion. Zaza, Jojo et Ti-Tom transportent les paniers de victuailles. Le colosse Bérubé soulève difficilement le plus lourd.

— Le père Noël doit être tout un athlète, souffle-t-il.

Au moment où la petite fille s'apprête à sonner, Zaza murmure:

— Si Pepito ne veut pas rendre Charlotte, qu'est-ce qu'on fait?

— Je le découpe en petits morceaux et je le mets dans le saloir, grogne Marilou.

— Le saloir? grimace Ti-Tom, éberlué.

— C'est dans l'histoire de saint Nicolas, l'informe Jojo. On te la racontera plus tard.

Il faut voir les yeux de Pepito! Quand il déballe son gros

paquet, il n'en revient pas.

— Mon camion jaune!

Et la surprise de sa maman devant les paniers débordants.

Marilou prend une longue respiration.

— Depuis quelques jours, tu as une nouvelle amie, hein?

Pepito penche la tête, intimidé.

— Oui.

— On la connaît bien, enchaîne Zaza. C'est l'iguane de notre ami Boris.

— Il a la plus grande peine de sa vie, complète Jojo.

— On a pensé que tu voudrais lui en faire cadeau. Il serait bien content de savoir que tu as trouvé Charlotte.

Pepito renifle. Il serre son camion sur son ventre.

— Je voudrais bien la lui redonner, mais...

Il hésite, examine longuement ses souliers.

— ... mais elle s'ennuyait. Elle regardait toujours par la fenêtre. Tout à l'heure, elle s'est sauvée.

Pour une catastrophe, c'est une catastrophe!

7
Charlotte
dans la tempête

Marilou Polaire a la tête dure. Elle ne se dégonfle pas facilement.

Sitôt le souper terminé, elle retourne près de l'immeuble où vivent Pepito et sa famille.

Partout, les arbres de Noël sont allumés. Aux fenêtres, les bougies attendent les invités. Dans les maisons, on prépare le réveillon.

Dans les rues, il neige. Il neige de plus en plus. C'est beau de la neige à Noël. Par contre, sur une petite Charlotte frissonnante, c'est beaucoup moins drôle.

En cherchant l'iguane, Marilou pense au rêve de Boris. À Noël, les gens souhaitent que leurs rêves se réalisent. Et les cauchemars aussi?

— Charlotte! Où es-tu, Charlotte?

Marilou cherche et cherche encore. Elle a bientôt l'air d'une petite fille de neige. Son manteau en est plein. Son bonnet aussi.

«Si Charlotte est sous cette neige, elle doit être morte. Moi-même, j'ai le bout du nez gelé.»

Pour se réchauffer, la petite fille pénètre dans l'immeuble de Pepito. Elle secoue la neige de son manteau quand elle entend:

— Atchoum!

Qui peut bien éternuer ainsi? Sur la pointe de ses bottes, elle s'approche d'une grande plante en plastique.

— Atchoum!

Une feuille poussiéreuse s'agite étrangement. On dirait...

Un autre éternuement et Charlotte culbute hors du pot. Elle est mouillée de neige fondue.

Elle s'est cachée dans cette plante quand la tempête l'a surprise.

L'iguane tient à peine sur ses pattes. Aussitôt, la petite fille l'enfouit dans son manteau.

— J'en connais un qui va être content, chuchote-t-elle.

***

Quelques minutes plus tard, Ti-Tom Bérubé, Jojo et Zaza Carboni et Marilou Polaire se rendent chez Boris.

Madeleine, sa mère, les reçoit avec un bon chocolat chaud.

— Boris dort.

— Il ne se lève même pas pour le réveillon? demande Marilou.

— Il est encore très malade.

— Je connais un remède à la fièvre de Boris, madame Pataud.

Marilou n'en dit pas plus. Elle attrape un bas de Noël et se rend à la chambre de son ami. Tout le groupe l'accompagne.

— Qu'est-ce que vous faites ici? questionne Boris d'une voix pâle.

— Nous venons te souhaiter un joyeux Noël, répondent-ils à l'unisson.

— Ce sera le pire Noël de toute ma vie, glapit le garçon.

— Parce que tu as perdu tes

mitaines? réplique Marilou.

— Parce que j'ai perdu Charlotte.

— On n'a pas retrouvé tes mitaines, dit Marilou. Mais on a un bas de Noël.

Boris sourit. Son sourire ressemble à une grimace. Il prend le bas. Et qui se montre le museau?

— Charlotte!

Tous les deux sont si émus qu'ils échangent des éternuements.

Et cela est tellement touchant que Marilou, Zaza, Jojo et Ti-Tom émettent des reniflements.

Une minute plus tard, Boris et Charlotte sautent sur le lit. On dirait une véritable trampoline.

Le coeur de Boris a retrouvé sa chaleur. Et pour tout le monde, ce sera un joyeux Noël!

Table des matières

Achevé d'imprimer
sur les presses de Litho Acme inc.